成長大踏步 ③

這裏誰最大

新雅文化事業有限公司
www.sunya.com.hk

目錄

序

何巧嬋

　　兒童文學為孩子而寫，具有頌揚生命、追求光明、活潑、生動、有趣的特質。文學亦離不開生活，孩子的生活故事是兒童文學的一個重要組成部分。基於這個信念，我在這裏為初小同學擬寫了四個培養價值觀和態度的生活故事。希望透過生活化的故事，讓孩子從熟悉的情境中，引發共鳴，作出理性分析和判斷，體驗如何克服各種局限。

　　四個故事雖然各有自己獨特的故事和重點，卻都與孩子的日常生活經歷結連在一起：花名小黑的男生雖然個子高大，卻原來是一位十分怕黑的孩子，幾乎錯過了一項所有同

學都雀躍萬分的活動（《小黑怕大黑》）；「大頭蝦」的孩子經常遺失物品，令家長十分煩惱，於是請來了兩隻龜老師，竟然有所突破（《這個大頭蝦》）；原本是獨生子，妹妹的誕生，產生了角色危機，引發一場離家出走的風暴（《這裏誰最大》）；一直與祖父母生活的小女孩，因為爺爺突然中風而成為了爺爺學行的小導師（《教爺爺學行路》）。

孩子的生活故事也許沒有曲折離奇的情節，但小眼睛看大世界，真實面對自己，平凡的生活中滿有生趣和智慧。希望大讀者和小讀者都喜歡這四個故事。

⭐ 1 三個寶貝

　　子樂氣沖沖地從客廳衝入自己的房間，用腳使勁將房門一踢：「砰！」的關上了。

本來躺在客廳軟墊的狗狗阿里，
立即站起來，走到子樂的房門外，
輕輕地哼叫，似在安慰又像勸戒。

「李、子、樂，你⋯⋯」媽
媽對着緊閉了的房門，一字一音狠
狠地喊。

如果是平日，媽媽一定會立即制止子樂這麼沒禮貌的舉動。可是，現在她自己也氣得滿面通紅，也許大家都需要冷靜一下，還是暫時不管他吧！

　　兩歲的妹妹嘉愉本來坐在地氈上，她被這突如其來的關門聲嚇得「哇」的大哭起來。

　　「唉！」媽媽輕歎一聲，把

受驚了的嘉愉抱在懷裏，輕拍她的背，温柔地安慰：

「不怕，不怕，只是哥哥關門而已。」

「嘉愉，午睡的時間到了。收拾好地上的東西，我陪你到房間睡覺吧。」媽媽執着嘉愉的手，教導她把地上的玩具放回

籃子裏。她撿起地上一張被塗鴉了的圖畫，搖頭對嘉愉說：

「你看，都是你做的『好事』，以後不准再拿哥哥的東西。」

嘉愉啜着大拇指，眨眨大眼睛，點點頭。

媽媽皺着眉，側耳聽聽子樂的房間裏有沒有什麼動靜，裏面似乎十分安靜。阿里伏在子樂的房門外，輕搖尾巴，發出幾下嗚嗚聲。

「阿里，三個兒女之中，你是最乖的！」媽媽提高聲量說，連房

間裏的子樂都聽得清清楚楚。

三個兒女？

是的，子樂的爸爸媽媽經常說，他們有三個寶貝兒女：

九歲的唐狗阿里（男）

八歲的子樂（男）

兩歲的嘉愉（女）

阿里最乖，阿里最服從，從不頂嘴，當然也不會吵架。

這個星期六的下午，子樂和媽媽就**狠狠地吵起架來呢**！

阿里

子樂

嘉愉

2　四人一狗的開始

　　每一個家庭都有自己的故事，李子樂的家庭簡簡單單，一家五口，四人一狗。讓我給你介紹一下他們吧。

　　這個家由兩個人簡簡單單的愛情故事開始。李思進和陳婉儀是中學時期的同班好同學、大學時期的戀人。十年前，順理成章，他們結婚了。故事說到這裏，相信你已經猜到他們就是子樂和嘉愉的爸爸媽

媽了。

　　結婚後，第一個闖進他們二人世界裏的並不是子樂。是誰？

　　讓我帶你回到九年前，李思進和陳婉儀新婚不久，一個冬天的晚上⋯⋯

3 燈柱下的小毛球

　　那一年香港的冬天特別嚴寒，
持續兩周氣溫都在攝氏十度左右，
嚴寒天氣警告，罕有地繼續了十多
天。這個星期五的晚上，思進和婉
儀剛剛出席了朋友的晚宴，抵着呼
呼的北風往回家的路上走。

　　北風吹得兩人的臉陣陣刺痛，
思進緊握着婉儀的手放進自己大樓
的口袋裏暖和暖和。嚴寒的天氣讓
兩人靠得更近，穿着羽絨風樓的婉

儀最喜歡與思進把臂同行，溫暖在心，她一點也不覺冷。忽然，婉儀停下了腳步，甩開思進的大手，在路旁的一條燈柱旁蹲下，細看地上一團棕色的小毛球。

「思進，你看！這是什麼？」

「小毛球」聽見婉儀的聲音，竟然微微地抖動了幾下，還發出輕輕的、微弱的哼聲。

「是一隻小狗呀！」婉儀和思進都不約而同地叫了起來。

小狗只有手巴掌一般大，婉儀輕輕把牠從冰冷的地面抱了起來。不知道是因為天氣寒冷還是驚慌，**小狗的身體不斷哆嗦**。她把小狗放進思進的大褸裏，小狗終於停止哆嗦了。思進和婉儀趕緊急步回家，他們知道這隻被遺棄的小狗，現在最需要的除了保暖外，還有食物。

這隻小狗叫什麼名字？你這麼聰明，一定猜得到！

對了，正是現在九歲的阿里。

4 另外兩個寶貝

　　每一個孩子的名字都托付了父母的祝福和心意。思進姓李，他和婉儀為小狗取了與「阿李」同音的名字：「阿里」，他倆要將小狗當成自己的孩子一樣看待。

　　婉儀常對朋友們笑說：

　　「**我家有三個寶貝孩子**，第一個是從爸爸的大樓裏出來的，接下來的兩個是從我的肚皮裏孕育出來的。」

一年之後子樂出生了，「子樂」顧名思義就是希望這個孩子快樂成長的意思。

　　的確就是這樣，從不吵架的阿里自小就是子樂的好玩伴，也是子樂最好的聆聽者。子樂從小就喜歡將自己的心事告訴阿里，狗從來不會批評，也不會將你的秘密向別人透露。

　　思進和婉儀都是獨生子女，子樂是兩個家庭的第一個孫兒（老人

家説：「從大樓裏出來的阿里不算數！」）。為了幫忙照顧小孫兒，爺爺和嫲嫲搬到同一條屋邨來居住。每次家庭大聚會，滿桌都是子樂最喜歡吃的餸菜，大家都會爭相跟子樂玩耍。

六位成人的手提電話機內滿是子樂的照片和影片：學行、騎木馬、盪鞦韆、游泳、踢足球……

照片中的子樂都是開懷地笑，任憑誰都會說：「這個孩子真快樂！」

兩年前嘉愉妹妹出生了，爺爺說：

　　「『嘉』與『加』、『家』同音，小妹妹的到來，會使這個家更加快樂和歡愉。』子樂對這一點有懷疑，但是改名是成人的事，他沒有發言權。

從此，六位大人手機裏的照片多了一位小主角：「嘉愉小公主」（婆婆和媽媽最愛這樣叫喚嘉愉）。

有一次，當婆婆捧着嘉愉紅紅的圓臉蛋兒親了又親，親暱地說：

「嘉愉小公主真是最、最、最可愛的！」

倚在爸爸身旁的子樂有點不是味道，仰起頭問：

「嘉愉是小公主，我呢？」

爸爸皺一皺眉頭回答：「男子漢，不計較這些。」

子樂不知道六、七歲的自己算不算是「男子漢」，不過既然爸爸說不計較就不計較了。但是，每次聽見家裏的成人叫喚「嘉愉小公主」的時候，總叫他感到陣陣酸溜溜，心裏有點嘰咕：「明明我是大哥，為什麼大家都只顧小的？」

25

5 嘻哈「三兄妹」

　　子樂和嘉愉也有一起玩耍，一起快樂的時候。嘉愉愛笑，一點點有趣的玩意，都會令她樂得哈哈大笑，胖胖的圓臉蛋，小眼睛瞇成兩條下彎線，任憑誰見到這張可愛的笑臉，都會樂起來，跟着她開心地笑，子樂也不例外。

　　嘉愉喜歡看子樂扮鬼臉。每一次子樂扮鬼臉，嘉愉都會哈哈的笑個不停。歡笑有強大的感染力，阿

里也會擠到嘉愉身旁，隨着她的笑聲，四腳朝天的在地上翻滾，就這樣「三兄妹」嘻嘻哈哈地在地板上滾作一團。

子樂喜歡和嘉愉玩捉迷藏。嘉愉怕黑，每次捉迷藏，子樂總是扮演躲起來的一位。在屋子裏，子樂喜歡躲在衣櫃、大門後或者牀下底；屋邨的平台花園也是戶外捉迷藏的好地方。但是，無論子樂躲到哪裏，嘉愉要找到子樂一點也不困難，因為阿里總會給她通風報信，帶她到子樂躲起來的地方。

子樂雖然多次向阿里投訴：

「二對一，不公平呀！」

阿里還是一個老樣子：咧開大嘴巴，伸出長長的紅舌頭，把尾巴搖來搖去。

　　升上小學二年級後，子樂功課繁重了，測驗考試多了，頻密了，他已經很久沒有跟妹妹玩耍了。

6 是「小公主」還是「小魔怪」？

「小魔怪」是子樂最近暗地裏給妹妹起的花名。自從嘉愉半年前學會步行後，經常走進哥哥的房間纏着要跟哥哥玩耍。她對哥哥的東西最感興趣，尤其是哥哥的大書包，

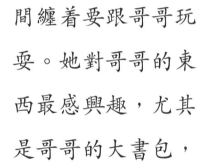

裏面藏的是什麼東西呢？實在太吸引了。好幾次她把子樂書包內的東西全部翻倒出來，害得哥哥呱呱大叫。

　　最近，嘉愉喜歡模仿哥哥。模仿哥哥背書包上學、模仿哥哥寫字、看書，子樂有時覺得很

有趣，有時卻覺得很麻煩。飯桌上，嘉愉不愛吃自己的嬰兒餐，總鬧着要吃哥哥的餸菜。

上星期，子樂畫圖畫，她也拿起哥哥的顏色筆跟着畫。

可是，卻是畫在客廳牆上。氣得七竅生煙的媽媽，一面對嘉愉說：「不准畫牆壁！」一面責怪子樂：

「哥哥，你怎麼不收好自己

的東西，讓妹妹拿着顏色筆四處塗畫呀！」

媽媽忙着清理牆壁，沒有注意到子樂皺起眉頭，一臉困惑的模樣。

「為什麼妹妹的錯要算到我的頭上？」子樂心裏在嘰咕。

有時候，成人和小孩子對事情的看法真的不一樣。

這個下午，子樂和媽媽狠狠地吵了一場架。

7 「甲」級畫作

　　星期六下午二時，明智小學的校巴在屋邨的校車站停下。一大羣學生吱吱喳喳下車了，站內十多位接放學的家長，一邊接過孩子的大書包，一邊細問今天上周末興趣班的情況。自從妹妹出世後不久，媽媽說子樂長大了，不再到校車站接他放學了。

　　子樂挽着大畫袋，下車時有點兒踉蹌，他匆匆和同學揮手説再

見，急不及待獨自往回家的路走。校車站離家很近，只需步行五至八分鐘。

「今天媽媽為自己準備了什麼茶點呢？」

放學的時候總是肚子最餓的時候。

子樂拉緊身旁的大畫袋，裏面放的正是他今天的畫作，老師評了「甲」級，還當眾表揚他，說這張畫構圖新穎，層次鮮明，用色燦爛呢！子樂好高興呀！

「如果媽媽看見這幅畫，她會說什麼呢？」子樂臉上掛着微笑，一邊小步跑，一邊心裏想着。

8　風暴前的忙碌

「叮噹、叮噹、叮噹……」

子樂按了一陣子的門鐘，門縫傳來阿里歡迎的輕叫聲。

但是，媽媽沒有為他開門，很奇怪呢！

子樂從口袋裏拿出自己的後備鎖匙，打開大門，迎面而來的是搖頭擺尾、熱切歡迎好兄弟回家的阿里。

媽媽呢？

浴室裏傳來沙沙的水聲，還有嘉愉連哭帶叫的吵鬧：

　　「嗚嗚⋯⋯不洗頭呀，不洗頭呀！」媽媽正在為嘉愉洗澡，嘉愉最怕洗頭時被水花濺到臉上，

她一邊喊叫，一邊掙扎，弄得媽媽全身都濕透了。

唉！又是「小魔怪」，子樂搖搖頭。

子樂把畫袋拋在地板上，自己往沙發一摔，阿里輕撲到他身上，伸出長長的紅舌頭舔子樂的臉，濕濕的，暖暖的，在向子樂說：

「好想你呀，你回家真好！」

子樂攬一攬阿里，大聲向着浴室裏的媽媽說：

「媽咪，我放學了！好肚餓呀！」

「好呀，子樂。飯桌上有你的茶點，你先吃吧，我在給妹妹洗澡！」媽媽十分忙碌，只好背着子樂回答。

「『多多』，『多多』！我要和『多多』玩。」

嘉愉剛學會說短句，發音不

正，總是把「哥哥」叫作『多多』。嘉儀聽見哥哥的聲音，很高興，趕緊要爬出洗澡盆呢！媽媽把嘉愉按回盆裏，嘉愉又是一番掙扎叫嚷，媽媽非常辛苦。

子樂把媽媽為他準備的牛肉三文治帶進房間去，坐在書桌旁一邊看圖書，一邊吃。阿里步步跟隨，子樂把三文治分了一半給阿里吃。雖然爸媽説

不可讓狗吃人類的食物，但是子樂總是覺得讓自己的好兄弟眼睜睜地看着自己吃，是不夠義氣的。

　　子樂知道媽媽要把小魔怪安頓下來，最少花上半小時，還是等一會才把自己的畫作拿給媽媽看吧。

　　半小時悄悄地溜走，一場風暴卻在醞釀中。

9 誰的錯？

渾身濕透的媽媽將已洗澡的嘉愉安頓在客廳，看見子樂在房間看書，心中很安慰：

「子樂真的長大了，如果兩個孩子都需要大量照顧，那就不堪設想了。」

媽媽繼續清理戰場般混亂的洗手間，自己也要換一套乾淨

的衣服。

　　客廳裏的嘉愉出奇地安靜，「看來，嘉愉也乖了，可以自己安靜地玩耍。」媽媽心裏想。

「『多多』，『多多』！」

嘉愉搖搖擺擺走進子樂的房間，雙手放在背後，她有神秘的好東西要給哥哥看呢！

「『多多』，你看，我畫，漂亮，漂亮！」嘉愉將自己的大作，從背後拿出來，展示給哥哥看，準備接受哥哥豎起大拇指的讚歎。

子樂放下圖書一看，「啊！」驚叫了一聲，差點暈倒了！

嘉愉將子樂的甲級作品，橫橫豎豎的塗畫了大片五顏六色。

我的圖畫
我的圖畫！

「我的圖畫！我的圖畫！」

子樂從嘉愉手中搶過圖畫，圖畫原

本的構圖，已經面目全非了！

子樂氣得滿面通紅，在嘉愉的

手掌上狠狠地打了一下，使勁把

嘉愉推出房間，嘉愉前後搖晃，跌倒在地板上，**好痛呀！**她從未見過哥哥這樣發脾氣，哇哇的大哭起來。

媽媽被驚天動地的哭聲嚇得從洗手間跑出來，抱起跌坐在地板上、淚流滿面、哭得回不過氣的嘉愉，一邊安慰，一邊問：

「妹妹乖，妹妹乖，不要哭！不要哭！發生了什麼事？」

「嗚嗚……『多多』打，『多多』推，嗚嗚……」嘉愉一邊哭，

一邊指着子樂投訴。

「子樂，你怎麼可以這樣對待妹妹？」媽媽向子樂瞪大眼睛問。

「你看！」子樂氣呼呼地指着已經面目全非的作品，對媽媽說：「她，她將我的『甲』級圖畫亂畫

成這個樣子。」

　　「妹妹雖然不應該這樣做，但是她年紀小，不懂事。你是哥哥，怎麼可以打她、推她呢？」媽媽搖搖頭責罵子樂。

　　「年紀小？年紀小？年紀小就

可以當小魔怪？做小霸王嗎？」媽媽的解釋讓子樂覺得更氣憤。

　　「我不是一直叫你要把自己的東西收好，不要亂放嗎？如果你收好自己的畫袋，就不會發生這樣的事情！」媽媽也生氣了，指着地板上的畫袋，對子樂說。

　　「什麼？又是我的錯！」子樂實在感到太委屈了！眼淚直滾下來，好不容易吐出三個字：

　　「你、偏、心！」

子樂氣沖沖的從客廳衝入自己的房間，用腳使勁將房門一踢：「呼！」的關上了。

你、偏、心！

⭐ 10 離家出走！

媽媽陪伴妹妹在房間午睡，
客廳一片寧靜。子樂拿着一個大背

囊，輕輕推開房門，一直在門外守候的阿里立刻站起來，用頭摩擦子樂的小腿，發出幾下嗚嗚聲，子樂撫摸阿里的背，短短的毛柔軟而溫暖。

「對，媽媽有小公主就夠了。」

他給阿里穿上出外的頸圈和狗帶。打開大門，決定和阿里一起離家出走！

⭐ 11 往哪兒去？

跟媽媽吵架後，子樂在房間越想越委屈，他躺在牀上哭了好一會。

子樂看見一個星期前學校教育營用的大背囊擱在房間的角落，裏面的衣服，文具、日用品仍在，他拿出紙筆來，寫下心中的憤怒，貼在牆上：

「你們只看見小公主，我呢？我又是什麼呢？」

你們只看見小公主，
我呢？
我又是什麼呢？

他感到自己的腦袋不斷在發脹發熱，好像快要爆炸了。他把錢包，還有自己最愛看的圖書放進去，決定要離開這個家。

離家？要往哪兒去？子樂可沒有想那麼多呀！

子樂帶着阿里坐在屋邨的平台花園，要好好想一想，也許還要跟阿里商量商量。

12 阿里，請你評評理

這個平台花園是屋邨的公共地方，連接着整個屋邨的六座大廈，四周種了綠油油的灌木花卉，是住客早晚散步、運動和孩子們遊玩的地方，子樂和嘉愉就經常在這裏捉迷藏。

現在已經是下午六時多，是回家吃飯的時候了，平台花園人不

多，很安靜，連平時孩子們爭相攀爬的遊戲架，也冷冷清清。

　　子樂牽着阿里坐在花園的長椅上，大背囊擱在一旁。阿里後腳坐在地上，前腳站立，把頭伏在子樂的大腿上。

子樂可不知道，狗的成長期一年等於人類七年，十歲的阿里，其實已是一位相當於人類七十歲，充滿智慧的長者了。子樂的說話阿里完全聽得明白，子樂的煩惱，阿里是知道的，也很希望為他分擔，提供意見。子樂不懂智慧長者阿里的狗語言。好，讓我為阿里翻譯出來放在（ ），讓小讀者聽聽吧！

陣陣晚風吹送，帶來花園裏桂花的幽香，子樂發脹發熱的腦袋漸漸平靜下來了。子樂看見阿里烏溜溜的兩隻黑眼睛，溫柔地望着自己，子樂好希望阿里為他評評理呀！

　　「小魔怪雖然年紀小，也不能翻倒我的

書包、亂畫我的圖畫。」

　　「這是我第一次獲得甲級的作品呀！」子樂哭了起來，阿里伸出長舌頭，舔去子樂臉上滾下來的淚水。

（我明白的！你小時候總愛拉我的尾巴，我也感到十分討厭。）

（有一次，你還偷吃我的狗餅。）

「阿里，年紀小也不是做錯事的藉口，對不對？」

（對呀！）

（小孩子就是頑皮，就是不懂事呢！）

「小魔怪做錯事，為什麼我不能打她，給她一點教訓！」

（從前你拉我的尾巴，我也沒

有張口咬你呀！）

（大欺小是不對的！）

「唉！不過我大力推小魔怪，如果撞到桌角，流血受傷就糟糕了！」子樂想起剛才嘉愉跌倒時痛哭大叫的樣子，不禁皺一皺眉：

「她一定跌得很痛！」

（是的，她跌得很痛呀！）

（子樂真是一位有愛心的好孩子！）

「媽媽疼愛嘉愉，這是不用說的了。可是我呢？有了嘉愉，她不再愛我。」

（唉，子樂，誰為你準備美味的牛肉三文治下午茶點？）

（爸爸媽媽不是常常說他們有三個兒女嗎？）

（你認為他們的愛不夠覆蓋所有兒女嗎？）

「唉……」子樂抬頭望着屋邨的大廈，一個個燈火通明的長方框，裏面就是一戶戶團桌吃晚飯的家庭，子樂長長地歎了一口氣。

「阿里，怎麼辦好呢？」

（子樂，怎麼辦好呢？）

（我是你的好兄弟，你到哪裏我都會跟隨。）

這時候，阿里忽然豎起兩隻尖尖的耳朵，霍地站了起來，往平台花園的入口處跑……

「子樂，子樂……你在哪裏?」爸爸抱着嘉愉、媽媽拖着爺爺在平台花園的入口出現了，他們正在四處張望，低聲叫喚。

大家看見阿里飛快地奔跑過來的身影，長長地舒了一口氣，放下心中的大石頭。

當媽媽發現子樂和阿里都不見了，嚇得立即通知爺爺、嫲嫲和爸爸，大家已經在屋邨裏找了半個多

小時。

　阿里將大家帶到子樂的身旁，開心地搖頭擺尾，又用口咬着子樂的衣服往出口處。

　（子樂，回家啦，我的肚子餓了！）

子樂扁起嘴巴，雙手托着腮，牢牢地坐在長椅上，身體沒有移動半分。

　「『多多』，找到了『多多』，真好，真好呀！」嘉愉爬上長椅，

用自己胖胖的手，捧着子樂的臉親
了一大口：

「『多多』，
對不起！對不起
『多多』呀！」她
把媽媽教她的說話一字不漏地向哥
哥說。

爸爸和媽媽蹲下身子，左右握
着子樂的手說：「你是哥哥，嘉
愉是妹妹，都是我們的寶貝。」

阿里把自己的手搭在爸爸的腿
上，爸爸明白了：「對，還有阿

里呢！」

　　子樂從長椅站起來，嘉愉怕哥哥又再不見了，緊緊地拉着子樂的手説：

　　「『多多』，手拖手，不玩捉迷藏！」逗得大家哈哈的大笑起來！

　　爺爺愛惜地撫摸着子樂説：「快回家啦！嬷嬷在家裏煮了你最喜歡

吃的蝦仁炒蛋！」除了阿里外，子樂跟爺爺最「老友」，子樂倚着爺爺，他在爺爺耳邊問：

「究竟誰最大？嫲嫲和媽媽都說嘉愉是小公主，那麼，我呢？」

「哈哈，哈哈，真是傻孩子。」爺爺笑了起來：「你是子樂，我的好孫兒！還有……」

爺爺俯下身來，低聲對子樂說：

「我們男子漢，不計較這些。」

爺爺拖着子樂的手，大步向回家的路走，阿里搖着尾巴緊緊跟隨。

（這裏誰最大？唏！男子漢，我才不計較這些。不過，不知道嫲

嘛有沒有也為我準備我最喜歡吃的
肉骨頭呢？）

給家長和老師的話

何巧嬋

在現今科技發達的社會裏，孩子比他們的父祖輩更容易獲得知識，但孩子遇到的挑戰也比上一代更為激烈。因此，培育孩子正確的價值觀和態度，才是最重要的。可是，品德情意教育不像語文、數學和自然科學等科目，有具體的內容。怎樣將看似虛空，卻又重要的品德教育變得具體化呢？

香港教育局在 2008 年定立了小學階段德育及公民教育課程架構，列出了如下七個主要的內容：

一、堅毅

一顆堅毅的心，能幫助孩子面對壓力、困難和挫折，將失敗和跌倒轉化為成長的養分。

二、尊重他人

小朋友要學習看別人和自己同等重要，接納別人和自己不同之處，學會尊重和包容。

三、責任感

孩子需要肩負起自己力所能當的責任，從獨立自助開始，擴展至關心他人，幫助他人。

四、國民身分認同

正確的身分認同，對家庭、學校、社會、國家等建立歸屬感和認同感，正是自我肯定、建立自信和責任感的基礎。

五、承擔精神

勇於承認錯誤，從過失中，重新站立起來，積極改善，就是承擔精神的表現。

六、誠信

對自己答應的事情應全力以赴，信守諾言，言行一致。

七、關愛

關愛是一種推己及人的情懷，這一份情懷從更廣闊的角度來說，不但是及人，更可以及眾生（愛護動物），及物（節約能源，保護環境）。

品德情意的建立不是一日可成、一蹴即就的事，無論是成人或小孩品德情意的建立和累積，只有開始，沒有終結。四個故事都是採取意猶未盡的開放式結局，讓家長、老師、同學……可以繼續思考，延伸討論。讀者將他人的故事進行思考、猜想、作出自己的判斷，正正是品德情意教育中重要的內化過程。開放式的結局是引子，思考和討論的過程才是最珍貴的。

成長大踏步 ③
這裏誰最大

作　　者：何巧嬋
插　　圖：ruru lo cheung
責任編輯：葉楚溶
美術設計：李成宇
出　　版：新雅文化事業有限公司
　　　　　香港英皇道 499 號北角工業大廈 18 樓
　　　　　電話：(852) 2138 7998
　　　　　傳真：(852) 2597 4003
　　　　　網址：http://www.sunya.com.hk
　　　　　電郵：marketing@sunya.com.hk
發　　行：香港聯合書刊物流有限公司
　　　　　香港新界大埔汀麗路 36 號中華商務印刷大廈 3 字樓
　　　　　電話：(852) 2150 2100
　　　　　傳真：(852) 2407 3062
　　　　　電郵：info@suplogistics.com.hk
印　　刷：中華商務彩色印刷有限公司
　　　　　香港新界大埔汀麗路 36 號
版　　次：二〇一八年五月初版

ISBN: 978-962-08-7023-1